Marie-Francine Hébert

Un crocodile dans la baignoire

Illustrations
de Philippe Germain

la courte échelle
Les éditions de la courte échelle inc.

Les éditions de la courte échelle inc.
5243, boul. Saint-Laurent
Montréal (Québec) H2T 1S4

Conception graphique:
Derome design inc.

Révision des textes:
Jean-Pierre Leroux

Dépôt légal, 3e trimestre 1993
Bibliothèque nationale du Québec

Données de catalogage avant publication (Canada)

Hébert, Marie-Francine

Un crocodile dans la baignoire

(Premier Roman; PR33)

ISBN 2-89021-200-9

I. Germain, Philippe.   II. Titre.   III. Collection

PS8565.E2C76 1993   jC843'.54   C93-096712-7
PS9565.E2C76 1993
PZ23.H42Cr 1993

Marie-Francine Hébert

Marie-Francine Hébert a commencé à écrire pour les enfants par hasard et ne peut maintenant plus s'en passer. Probablement parce que, tout comme les enfants, elle aime les becs, les folies, l'exercice physique, les petits oiseaux, les questions, les histoires à dormir debout, la crème glacée et a encore bien des choses à apprendre, comme ne plus avoir peur dans le noir. Depuis une quinzaine d'années, elle partage son temps entre la télévision (*Iniminimagimo,* par exemple); le théâtre (*Oui ou non,* entre autres); et la littérature.

Pour les best-sellers *Venir au monde* et *Vive mon corps!* maintenant traduits en plusieurs langues, Marie-Francine Hébert a reçu de nombreux prix, dont des prix d'excellence de l'Association des consommateurs du Québec et le prix Alvine-Bélisle. Certains des romans de la série Méli Mélo ont été traduits en anglais, en espagnol et en grec. Elle a reçu le prix des Clubs de la Livromagie 1989-1990 pour *Un monstre dans les céréales* et le prix des Clubs de la Livromanie 1991-1992 pour *Je t'aime, je te hais...*

*Un crocodile dans la baignoir*e est son neuvième roman.

Philippe Germain

À dix ans, Philippe Germain adorait sculpter, peindre et étendre de la couleur. Il fait maintenant, entre autres choses, des illustrations de manuels scolaires et de livres pour les jeunes.

Dans un style efficace et dynamique, il pose sur la réalité un regard coloré, spontané et toujours plein d'humour.

Quand il ne dessine pas, il prend un plaisir fou à récupérer, à démonter et à retaper les juke-boxes et autres objets des années 50 qu'il collectionne.

Un crocodile dans la baignoire est le sixième roman qu'il illustre à la courte échelle.

De la même auteure, à la courte échelle

Collection livres-jeux

Venir au monde
Vive mon corps!

Collection albums

Le voyage de la vie

Collection Premier Roman

Série Méli Mélo:
Un monstre dans les céréales
Un blouson dans la peau
Une tempête dans un verre d'eau
Une sorcière dans la soupe
Un fantôme dans le miroir

Collection Roman+

Le coeur en bataille
Je t'aime, je te hais...
Sauve qui peut l'amour

Marie-Francine Hébert

Un crocodile dans la baignoire

Illustrations
de Philippe Germain

la courte échelle

1
Quel bonheur!

Tu parles d'une aventure! Elle est tellement incroyable que j'hésite à te la raconter.

Comment cela a-t-il pu m'arriver? À moi, Méli Mélo, la petite fille la plus ordinaire de la terre! Juste à y penser, j'en ai la chair de poule!

Ah et puis, je me lance dans mon histoire, comme on se jette à l'eau. À toi de juger.

C'est l'été. Il fait un temps de carte postale. Dans mon coeur aussi le soleil brille et le ciel est bleu, bleu. Aucun nuage à l'horizon.

Même pas l'ombre de mon petit frère Mimi. Il est allé passer la journée chez un copain. Mimi est parfois sage comme une image, mais il peut déclencher les pires orages.

Mes parents sirotent leur café. Ils jasent. Ils se bécotent. Ils disent qu'ils en profitent pendant

les vacances. Que l'amour, ça s'entretient. Et patati! et patata!

Je préfère entretenir ma chambre. C'est plus court et moins fatigant. Après leur ménage d'amour, mes parents sont souvent obligés de faire une sieste. En tout cas!

Moi, je n'ai qu'une hâte: aller m'asseoir sur ma grosse roche, au bord de l'eau. Toute seule. Avant que mes amis Sissi et Piwi arrivent pour jouer au baseball.

Le spectacle de la nature est changeant, mais toujours si extraordinaire. Et, tour à tour, je m'imagine dans la peau de différents personnages.

Je rêve que je suis une libellule. Mon corps est effilé. Deux paires d'ailes majuscules sont

fixées à mon dos. Les sauts pé-
rilleux que j'exécute! Époustou-
flants.

Ou bien je me prends pour
une maman grenouille:

— Crôa! Crôa!

Et j'emmène ma famille de
têtards prendre l'air. Je veux dire: prendre l'eau. Il faut les voir,
mes tout-petits, nager derrière
moi à la queue leu leu.

L'instant d'après, je suis un
insecte minuscule. Pas plus gros

qu'une virgule. Avec mes pattes longues et fines, je fais du patinage de fantaisie à la surface de l'eau.

Puis je deviens une fourmi. Il m'en faut de l'énergie pour transporter une maxi brindille entre mes mini pattes! Ouf!

Et hop! me voilà coccinelle, papillon, sauterelle. Ou simplement jonc ou roseau que la brise caresse.

Parfois aussi, je reste moi-même. J'écoute alors le chuchotement du vent dans les feuilles, le clapotis de l'eau sur la rive, le gazouillis des oiseaux.

Quel concert! Si je ne me retenais pas, j'applaudirais de bonheur.

J'enfile donc ma robe préférée. Celle avec un crocodile sur

le corsage. Et je passe la porte:

— Maman, papa, je vais dehors!

Je ne me souviens plus lequel des deux me murmure:

— Ne t'éloigne pas trop, mon lapin.

Je leur fais au revoir de la main à travers la fenêtre de la cuisine. Impossible d'attirer leur attention. On dirait deux poissons seuls au monde dans un aquarium.

En passant, je souhaite le bonjour au couple d'oiseaux perchés sur la corde à linge. Ils ne m'entendent pas. Ils sont trop occupés à se regarder dans les yeux.

Eux aussi!? Qu'est-ce qu'ils ont tous aujourd'hui? C'est une vraie maladie. La maladie de l'amour. En tout cas!

Si tu me voyais descendre le sentier menant au bord de l'eau! Je ne cours pas, je vole. Je me sens légère, légère. Comme une chenille qui vient juste de se transformer en papillon.

La rive semble déserte. Je m'approche de mon poste d'observation préféré. Tout excitée.

Là, tu ne devineras jamais ce qui m'arrive. Une espèce d'effronté me devance en me criant par la tête:

— Fiche le camp d'ici!

Et il s'installe à ma place. Sur la pierre.

L'air que je fais? Imagine celui du papillon nouveau-né arrêté en plein vol par une vitre. Boïng!

La première chose que je sais, j'ai un fusil braqué sur la tempe.

2
Des larmes de crocodile

Évidemment, c'est un fusil-jouet. Mais c'est un vrai garçon qui le tient. Et il n'a pas l'air d'entendre à rire.

Moi non plus! Je vais lui montrer à qui il a affaire:

— J'habite la maison en haut de la côte! Tu sauras! Cette roche m'appartient!

J'essaie d'y monter. Il m'en empêche en écartant les jambes:

— Ma famille vient de louer la maison à droite de la tienne. Tu sauras! Cette pierre est sur notre terrain.

— Sur le nôtre!

Ou presque. Car notre ancien voisin, un vieux monsieur, n'y venait jamais. À vrai dire, la pierre est située à moitié sur notre terrain et à moitié sur le leur.

Le garçon sort alors une craie de sa poche et il écrit en grosses lettres sur la pierre: «Jelédi».

Tu parles d'une façon d'écrire: «Je l'ai dit»! Je ne vais pas me gêner pour le lui faire savoir. Il ne m'en laisse pas le temps:

— Jelédi, c'est mon nom! Et il est inscrit sur cette roche. Cela prouve qu'elle m'appartient. Alors, déguerpis!

— Tu n'as pas le droit de faire ça!

Il se met à faire rouler ses biceps! Comme s'il n'y avait que ça qui comptait dans la vie!

— J'ai tous les droits, car je

suis le plus fort! Tu vois ces muscles-là? C'est de l'acier qu'il y a dedans.

Je lui réponds du tac au tac:

— Il y en a aussi dans ta tê-te, car tu résonnes comme une cloche!

Jelédi reste bouche bée. On dirait qu'il vient d'avaler une guêpe.

J'en profite pour ajouter:

— Déguerpis toi-même! Si-non...

Mais il me recrache aussitôt son venin à la figure.

— Sinon?! Tu vas mettre le crocodile de ta robe à mes trous-ses? Espèce de poule mouillée!

Là, tu sais ce qu'il fait? Il donne un grand coup de pied dans la vase. Et me voilà cou-verte de boue de la pointe des orteils à la racine des cheveux.

J'en ai le souffle coupé. On ne m'a jamais joué un sale tour pa-reil.

Jelédi se frappe la poitrine de contentement. Il glousse de satisfaction. Un vrai singe!

— Poule mouillée! Ouaf! ouaf! Poule mouillée! Ouaf! ouaf! ouaf!

Je me sauve à toutes jambes. Le coeur gonflé de nuages noirs. Quand j'arrive à la maison, c'est l'averse de larmes.

Tout ce que ma mère trouve à dire, c'est:

— Il s'agit d'une dispute d'enfants, ma grenouille. Un bon bain et il n'y paraîtra plus rien. Un petit lavage et ta robe sera comme neuve.

Une dispute d'enfants! Tu te rends compte?

Tout aussi pratique, mon père ajoute:

— Enlève tes chaussures!

Autrement tu vas laisser des traces de boue sur mon plancher, mon canard!

Puis il me transporte jusqu'à la salle de bains. Au bout de ses bras, de peur de se salir. Un peu plus, il utiliserait des pinces à escargots. Et il me plante là en disant:

— Cesse de verser des larmes de crocodile!

Des larmes de crocodile?! Je n'ai jamais été aussi humiliée de toute ma vie!

Si seulement j'étais un vrai crocodile! Je lui en ferais voir de toutes les couleurs, à ce Jelédi de malheur.

Pendant que je me fais couler un bain, j'essaie de me calmer un peu.

Je ferme les yeux. Je respire

profondément et je m'imagine dans un lieu agréable. D'habitude, ça marche.

Mais tout ce qui me vient à l'esprit, c'est ma roche. Que j'aime tant. Sur laquelle je ne pourrai jamais remonter. Et je m'enrage deux fois plus.

Le sang bout à gros bouillons dans mes veines. De la fumée me sort par les oreilles. Le feu de la vengeance brûle dans mon coeur!

Si seulement l'eau me transformait en crocodile, comme dans la légende. Écoute ça!

Un jour, il y a très longtemps, le corps d'un homme prend feu. Il va aussitôt se jeter à l'eau. Trop tard! Sa peau est déjà couverte de cloques. Et il devient le premier crocodile.

Pas de danger que ça arrive dans la vraie vie! Le seul endroit où le crocodile risque de montrer les dents, c'est dans mon coeur. En tout cas!

J'entre dans le bain. C'est alors que j'entends: friche! friche! Comme lorsqu'on verse de l'eau sur le feu. Et une odeur de cendre mouillée parvient à mes narines.

Je regarde autour de moi. Aah?! Tu ne devineras jamais ce que j'aperçois! Dans la baignoire...

3
La peur de sa vie

Impossible! Ce que je vois n'est pas une queue de crocodile. Ni une, deux, trois, quatre pattes de crocodile.

Il ne peut pas y avoir de crocodile dans la baignoire. Pas plus que dans la maison. Il n'y en a jamais eu dans la ville. Ni même au pays. Cet animal vit dans des régions lointaines.

C'est écrit dans mon livre sur les reptiles!

Qu'est-ce que c'est, alors? Pour m'aider à réfléchir, je me gratte le front. Comme mes parents quand ils trouvent que la

vie coûte trop cher.

   C'est le choc! Ma peau est bosselée et rugueuse, alors que,

normalement, elle est lisse et douce.

Pas de panique! La boue a fait une croûte en séchant sur mon corps. Voilà tout! Un peu de savon et le tour sera joué.

J'ai beau frotter, frotter, rien n'y fait.

Je voudrais bien pouvoir me regarder dans le miroir de la pharmacie. Mais je suis incapable de me lever.

Après de longs efforts, je réussis à poser mes pattes de devant sur le bord du lavabo. Oui, oui, j'ai bien dit: mes pattes.

Je manque de tomber raide morte en voyant ma tête dans le miroir. Elle est devenue énorme. Ma peau est couverte d'écailles d'un brun verdâtre. Dures, dures, comme de l'os.

Je n'en crois pas mes yeux! Deux grosses billes noires et froides sur les côtés de ma tête?!

Ma bouche est monstrueuse. Je devrais dire: ma gueule. J'ai les lèvres fendues jusqu'aux oreilles en une grimace permanente.

J'ai trois fois plus de dents qu'avant. Aussi tranchantes que la pointe d'un couteau.

Quand je referme mes mâchoires, une grande dent dépasse de chaque côté. Preuve qu'il s'agit bien là d'un crocodile.

Et le crocodile, c'est moi. Tu te rends compte?!

Je ne pensais pas que mon voeu pouvait se réaliser. Avoir su, je ne l'aurais jamais fait.

— Méli, ma chatte?

Oh non! Ma mère frappe à la

porte de la salle de bains! Il ne manquait plus que ça!

Je ne peux tout de même pas lui répondre par un cri de crocodile. C'est une espèce de lamentation qui donne des frissons dans le dos.

Heureusement, mon père ajoute aussitôt:

— Ta mère et moi, nous allons faire une sieste. Alors, sois gentille, ma puce, ne nous dérange pas pour rien.

Je les entends s'éloigner en se chuchotant des mots doux. Ils ont le culot d'aller dormir, alors que leur petite fille est dans un beau pétrin. En tout cas!

Par contre, ça me laisse le temps d'essayer de m'en sortir. Sinon mes parents vont avoir la peur de leur vie en me voyant.

Le crocodile est reconnu pour sa férocité. Les autres animaux le craignent tellement qu'il n'a pas d'ennemi dans la nature. Et les êtres humains en ont une peur bleue.

Tous, sans exception.

J'imagine l'air que Jelédi ferait en m'apercevant. Ou plutôt l'air qu'il fera! Car je ne peux pas résister à la tentation de prendre ma revanche. Mets-toi dans ma peau.

Il sera toujours temps de chercher une solution. Pour le moment, j'ai un problème plus urgent à régler. Ouvrir une porte avec ses dents, ce n'est pas facile. Même pour un crocodile.

Finalement, j'y arrive. Je jette un coup d'oeil à l'extérieur de la salle de bains. Mes parents sont bel et bien enfermés dans leur chambre. La voie est libre.

J'en profite pour sortir de la maison. À plat ventre, comme les reptiles.

Il n'y a personne aux alentours. Même le couple d'oiseaux a disparu. Eux aussi doivent être en train de faire la sieste. En tout cas!

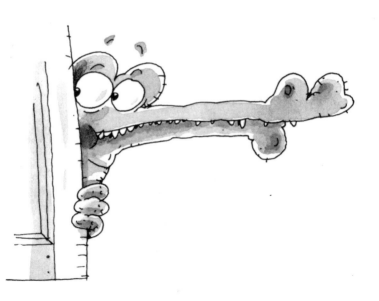

Je rampe jusqu'à l'étang. Puis je me glisse dans l'eau. Ni vue ni connue.

Jelédi est encore sur la pierre. Étendu sur le dos, il tire sur des ennemis imaginaires avec son fusil-jouet. S'il savait qu'une véritable ennemie lui prépare un de ces coups!

Et ce n'est pas par jeu. Je te prie de me croire!

Sans déplacer l'eau à la surface, je nage vers lui. Comme les crocodiles en sont capables.

Au moment où il s'y attend le moins, je fais claquer mes mâchoires. À un centimètre de sa tête. En un saut de carpe, il est debout!

Si tu lui voyais l'air! On dirait un poisson qui manque d'eau.

Je ne peux pas lui tirer la langue! Les crocodiles n'en ont pas. Mais je lui montre ma dentition dans toute sa splendeur.

Il s'enfuit en poussant des cris de mort. Il a la peur de sa vie, je t'assure. Bien fait pour lui!

Il ne remettra plus jamais les pieds ici. Tant mieux pour moi!

À partir de maintenant, je vais avoir la paix.

4
La guerre

Je n'ai pas le temps de savourer ma victoire. Le père de Jelédi arrive aussitôt avec un fusil de chasse. Un vrai, celui-là.

Ma première idée est de me cacher sous l'eau. Mais je l'entends se dire à lui-même:

— Qu'est-ce que je suis venu faire ici? Un crocodile, franchement! Jelédi n'aura plus le droit de mettre le nez dehors de l'été. Ça lui apprendra à mentir.

Tu parles d'une punition! Jelédi n'est pas un ange, mais son père exagère. Alors, je nage devant lui, m'efforçant de garder mon dos à la surface.

Il refuse toujours de croire à ma présence:

— Ça ne peut pas être un crocodile. C'est sûrement du bois flottant.

Il va le ravaler, son bois flottant! À l'aide d'un grand coup de queue, je bondis hors de l'eau. Je suis droite comme un I. Une vraie championne de nage synchronisée!

Le père de Jelédi manque de s'étouffer:

— Ça parle au diable! Je rêve? Un crocodile!

Il est tellement énervé qu'il tombe sur le derrière avec son fusil. Et le coup part en l'air! Heureusement, il n'y avait pas d'oiseau qui passait par là!

M. Képi, le garde-chasse de

la région, accourt:

— Hé, vous, là! La chasse est interdite. Je vais devoir vous donner une amende.

M. Képi est un homme doux comme un agneau. Particulièrement avec les enfants qu'il adore. Mais il est sans pitié pour les braconniers. La loi, c'est la loi.

Le père de Jelédi essaie de défendre son point:

— Je ne chassais pas! Il y a un crocodile dans l'eau...

— Un crocodile? Très original comme excuse. C'est la première fois que je l'entends, celle-là.

Le garde-chasse sort de sa poche un formulaire de contravention et son stylo à bille. Sans jeter le moindre coup d'oeil dans ma direction.

Le père de Jelédi devient rouge comme un coq:

— Je vous assure! Regardez vous-même, tête de mule!

— Soyez poli, monsieur! Sinon, j'appelle la police. Et vous risquez de vous retrouver derrière les barreaux.

Le père de Jelédi ne mérite quand même pas la prison. Je vais tout raconter au garde-chasse. Il dit souvent que la vérité sort de la bouche des enfants.

Mais tout ce que ma gueule de crocodile parvient à articuler, c'est une horrible lamentation. Évidemment! Où avais-je la tête?

M. Képi perd complètement la sienne en m'apercevant:

— Un croco... croco... dile? C'est un cau... cau... chemar!

— Mon garçon a même failli lui servir de repas. Vous vous rendez compte?

M. Képi se met à hurler. Un vrai loup enragé. Il est méconnaissable.

— Cette bête a osé s'attaquer à un de ces chers petits anges. Elle ne l'emportera pas en paradis!

Il arrache le fusil des mains du père de Jelédi. Puis il le pointe dans ma direction. Catastrophe! Je n'ai pas le temps de m'enfuir, ni même de faire ma prière.

À la place d'une détonation, j'entends des cris. Aigus et forts comme ceux d'un aigle fonçant sur sa proie.

— Arrêtez! Arrêtez, monsieur Képi! Je vous ordonne d'arrêter!

J'ai du mal à reconnaître notre voisine de gauche, Mme Bellamie. Elle est aussi gentille qu'une alouette, d'habitude. Elle n'ose même pas chasser un maringouin de peur de lui faire de la peine.

Et voilà qu'aujourd'hui, elle agite son parapluie au-dessus de la tête de M. Képi. C'est contagieux ou quoi?

— Vous n'avez pas honte? Vous, un garde-chasse! Ignorez-vous que les crocodiles sont une espèce en voie de disparition? Les pauvres!

Juste à ce moment-là, mes copains Sissi et Piwi arrivent. Nous nous entendons comme les chatons d'une même portée, tous les trois.

Dès que Sissi aperçoit son père, le garde-chasse, elle se porte à son secours. Toutes griffes dehors. Et à son tour, elle menace Mme Bellamie de son bâton de baseball.

— Que je ne vous voie pas toucher à un seul cheveu de la tête de mon père! Et il a raison de s'inquiéter. Les crocodiles peuvent s'emparer d'un être humain en moins de deux secondes.

Piwi ne supporte pas qu'on s'en prenne ainsi à sa mère, Mme Bellamie. Il brandit alors son gant de baseball devant la figure de Sissi. Il rugit, Piwi. Un vrai lion:

— Tu fais mieux de laisser ma mère tranquille! Et puis je voudrais bien te voir à la place de ces pauvres bêtes! Ce n'est pas leur faute si elles sont féroces. C'est dans leur nature.

La nouvelle de ma présence se répand à la vitesse de la chicane. Des gens sortent de partout. Ils sont armés d'un balai, d'un aviron, d'une poêle à frire ou même d'un jouet. Chacun essaie de clouer le bec à l'autre:

— Il faut attraper ce crocodile et le mettre dans un zoo!

— Jamais de la vie! Cet animal a le droit de rester où il est!

— Ça n'a pas de bon sens! Cette bête est un danger public!

— On n'a qu'à interdire la rive à tout le monde!

— Pas question!

— Oui!

— Non!

À bout d'arguments, ils se crient des noms d'animaux à la tête. On dirait des chiens affamés qui se disputent un os. Et l'os, c'est moi.

Mon petit paradis est devenu un champ de bataille. Alors que tout ce que je voulais, c'était avoir la paix.

5
De la boue jusqu'au cou

Finalement, la police arrive pour rétablir l'ordre.

J'en profite pour m'enfuir sous l'eau. Un crocodile peut tenir sa respiration pendant plus d'une heure.

Quand les policiers, incrédules, examinent le fond de la rivière, je suis déjà loin. Ils essaient probablement de convaincre les gens qu'ils ont été victimes de leur imagination.

J'aimerais tant pouvoir y croire moi aussi! Car la vie de crocodile, c'est loin d'être drôle. Je t'assure!

Dès que j'entrouvre la gueule pour sourire, poissons, grenouilles, têtards et autres animaux aquatiques décampent.

Aussitôt que je mets le museau dehors pour respirer, tous les insectes se déguisent en courant d'air.

Je ne me suis jamais sentie si mal dans ma peau. J'ai l'impression d'avoir du sable dans l'estomac et des cailloux plein le ventre.

Si seulement je pouvais redevenir la petite fille que j'étais! Mais je ne comprends même pas comment j'ai cessé de l'être.

Pas étonnant! Les crocodiles ne sont pas reconnus pour leur grande intelligence. Rien dans la tête, tout dans les dents.

Je n'ai plus qu'une envie: me

creuser un trou dans un endroit isolé de la rive.

Et je m'enfonce dans la boue jusqu'au cou. C'est ce qu'on appelle se retrouver le bec à l'eau.

Quand je pense que pendant ce temps-là, mes parents font la sieste. En tout cas!

C'est alors que j'aperçois une grosse tortue. Elle ne tardera pas à s'enfuir, c'est certain. Lentement, mais sûrement.

À ma grande surprise, elle reste là. Je m'attends à ce qu'elle trouve refuge sous sa carapace. Mais non, elle garde la tête haute.

C'est inespéré!

— Tu n'as pas peur de moi?!

Heureusement, elle comprend le langage des crocodiles et moi, celui des tortues.

Sa voix grave et usée prouve son grand âge:

— Aucun crocodile n'ose s'attaquer à moi. Le risque de se briser les dents sur ma carapace est trop grand.

Enfin, quelqu'un à qui parler! À défaut de chaleur humaine,

j'apprécierais un peu de chaleur animale. Car dans mon coeur, la température est au plus bas.

— Tout ce que je désire, c'est être ton amie. Je m'appelle Méli Mélo. Et toi?

Elle me répond d'un ton de glace:

— Le crocodile n'a pas d'ami dans la nature!

C'est la douche froide. Je peux très bien imaginer vivre sans ennemi. Ça oui! Mais je ~~s~~uis incapable de m'imaginer ~~san~~s ami. Ça non!

~~J'e~~ssaie de plaider ma cause:

— Je n'ai rien d'un croco~~dile. Je~~ suis seulement une pe~~tite~~ ~~q~~ui s'est trouvée dans ~~un~~ crocodile. Par ha~~sard. Il faut m~~e croire, madame ~~tortue!~~

— On dit ça. On dit ça.

Elle se détourne de moi en soupirant. Elle ne me croit pas, c'est évident. Et elle a un peu raison.

Mais c'est difficile d'expliquer ce qu'on ne comprend pas bien soi-même:

— J'ai commencé par sentir le feu de la vengeance brûler en moi. J'étais tellement fâchée contre Jelédi! C'était comme s'il y avait un crocodile dans mon coeur. Et... ensuite... je ne sais pas ce qui s'est passé.

Je vois apparaître de la sympathie dans son regard. Elle semble savoir très bien de qu je parle:

— Et le crocodile a pris t te la place? C'est ça, Méli?

— Oui, madame la to

C'est le crocodile qui devrait se retrouver dans la peau de la petite fille. Et non l'inverse. Mais comment faire?

— Il n'en tient qu'à toi, Méli!

— Je le veux de tout mon coeur!

Elle s'approche alors de moi et pose tendrement sa patte sur la mienne. Je sens une douce chaleur m'envahir.

— Tu peux rentrer chez toi, maintenant. Ton voeu va se réaliser.

Je ne me le fais pas dire deux fois. Je prends mes pattes à mon cou. Et je retourne à la maison en rasant le sol pour que personne ne me voie.

La première chose que je sais, je suis dans mon bain.

Ma peau est de nouveau lisse
et soyeuse. Je n'ai aucun mal à
me tenir debout. Et le miroir de
la pharmacie me renvoie mon
vrai visage.

Me voilà redevenue Méli Mélo! Je n'ai jamais été aussi heu-
reuse d'être aussi ordinaire! En
tout cas!

Je l'ai échappé belle. Ouf!
Heureusement que j'ai rencon-
tré cette vieille tortue sur mon
chemin!

6
Et si c'était vrai?

— Ma grenouille! J'aimerais bien pouvoir utiliser la salle de bains, moi aussi. Ça fait une éternité que tu es là. Ta robe a même eu le temps de sécher.

— Laisse-la sur la poignée de porte, maman. Je sors dans un instant.

J'attrape une débarbouillette et un savon et je me lave des pieds à la tête. Ce que je n'ai pas encore eu l'occasion de faire. J'étais trop occupée.

Je devine ce que tu penses. Tu penses que je n'ai pas quitté mon bain. Je suis parfaitement d'accord avec toi. Une aventure pareille ne peut pas arriver à des gens ordinaires comme toi et moi. Sauf en imagination.

Tu es certain que le couple d'oiseaux sera en train de se bécoter sur la corde à linge. Et que le calme régnera au bord de l'eau. Comme avant.

Tu as parfaitement raison!

Tu crois aussi que j'aurai toujours le même problème, car Jelédi sera sur ma pierre. C'est-à-dire sur la pierre située à moitié sur son terrain et à moitié sur le mien.

Eh bien, non! Jelédi n'y est pas! Youpi! J'en profite pour effacer son nom et m'installer confortablement. J'ai enfin retrouvé mon petit paradis!

Pas pour longtemps! Devine

qui arrive... Mon problème en personne.

Jelédi n'a pas la chance de placer un mot. Je l'accueille exactement comme lui, tout à l'heure:

— Fiche le camp d'ici!

Ce petit jeu-là se joue à deux.

Je donne aussitôt un grand coup de pied dans la boue pour

l'éclabousser. Comme il m'a fait.

Il se sauve en pleurant à chaudes larmes. Fausses, évidemment. Son père ne s'y trompe pas. Je l'entends dire:

— Cesse de verser des larmes de crocodile! Un bon bain, et il n'y paraîtra plus rien!

Ça te rappelle quelque chose? À moi aussi. Si ça continue, la même histoire risque de se répéter avec Jelédi dans la peau du crocodile.

S'il fallait qu'il ne trouve pas la vieille tortue sur son chemin! Tu te rends compte?

Voyons donc! Qu'est-ce que je raconte là? C'est impossible, puisque j'ai tout imaginé.

C'est alors que mon père arrive. Il n'a pas l'air très content.

— Méli, il y a des traces de

boue sur mon plancher!?

— Ce ne sont sûrement pas les miennes, papa. Tu m'as portée jusqu'à la salle de bains. Tu te souviens? Et, en sortant, j'étais propre, propre.

— C'est bien ce que je me disais, mon pigeon. Un animal s'est probablement introduit dans la maison. Qu'est-ce que ça peut être? Ce ne sont pas des traces de raton laveur... C'est plus gros...

Oh non! Et si c'était...?

Je prends mon courage à deux mains et je demande à mon père:

— Ce ne seraient pas des traces de crocodile, par hasard?

Pince-sans-rire, il répond:

— C'est bien possible!

Puis il pouffe:

— Des traces de crocodile!

Très drôle, ma crevette! Vraiment très drôle... Ha! ha! ha!

Et il retourne à la maison, plié en deux.

Moi, je ne trouve pas ça drôle du tout! Et si c'était vrai? Tu te rends compte! On ne sait jamais.

Il n'y a aucun risque à prendre. Alors, je m'élance en criant:

— Jelédi! Jelédi! Viens vite! J'ai une histoire incroyable à te raconter. Nous nous assoirons tous les deux sur la pierre, si tu veux...

Pourvu qu'il ne soit pas trop tard!

Table des matières

Achevé d'imprimer
sur les presses de Litho Acme Inc.